Guía de lectura

Escrita por Claire Cornillon
Traducida por María Olivera Álvarez

Hamlet

de William Shakespeare

Entiende fácilmente la literatura con

ResumenExpress.com

www.resumenexpress.com

WILLIAM SHAKESPEAREH

POETA Y DRAMATURGO INGLÉS

- **Nacido en 1564 en Stratford on Avon (Inglaterra)**
- **Fallecido en 1616**
- **Algunas de sus obras:**
  - *El sueño de una noche de verano* (1592-1595), comedia
  - *Ricardo III* (1592-1595), obra de teatro histórica
  - *Hamlet* (1595-1600), tragedia

Poeta y dramaturgo, figura eminente de la literatura inglesa y especialmente del teatro isabelino (del nombre de la reina Isabel I, 1558-1603), William Shakespeare nació en 1564. En ocasiones se ha dudado de su existencia histórica, que ya parece demostrada, si bien algunos periodos de su vida siguen siendo desconocidos. Escribió treinta y siete obras de teatro que se clasifican generalmente en cuatro categorías: las obras históricas, como *Ricardo III*; las comedias, como *El sueño de una noche de verano*; las grandes tragedias, como *Hamlet*, y sus últimas obras, entre las que figura *La tempestad*. En los años 1600, la compañía de este actor y escritor, considerada una de las mejores de Londres, fue residente del Teatro del Globo. William Shakespeare murió en 1616.

HAMLET

SER O NO SER: UNA TRAGEDIA ENTRE VER-
DAD Y MENTIRA

- **Género**: obra de teatro (tragedia)
- **Edición de referencia**: Shakespeare, William. 2007. *Hamlet*. Traducido y editado por Ángel-Luis Pujante. Guía de lectura de Clara Calvo. Madrid: Espasa-Calpe
- **Primera edición**: 1601
- **Temáticas**: asesinato, locura, traición, mentira, venganza

Hamlet es una de las tragedias más célebres de Shakespeare, quien creó la obra entre 1595 y 1600.

El héroe epónimo, príncipe de Dinamarca, ha perdido a su padre, el rey, dos meses antes. Su madre se ha vuelto a casar con el nuevo rey, Claudio, hermano del difunto. Hamlet no acepta lo que él considera una traición. Cuando se entera de que, efectivamente, su padre fue asesinado por Claudio, parece sumirse poco a poco en la locura.

ACTO I

La escena tiene lugar en Elsinor, en Dinamarca. Unos centinelas ante el castillo del rey ven un espectro que ya se les había aparecido la noche anterior. El espectro se parece en todos los aspectos a su antiguo rey, muerto: «No puedo interpretarlo exactamente, pero, en lo que se me alcanza, creo que esto presagia conmoción en nuestro estado», dice Horacio (Shakespeare 2007, escena 5). Esos oficiales hacen rondas porque el país teme un ataque: Fortinbrás de Noruega provocó al rey de Dinamarca, por lo que Hamlet se enfrentó a él y lo mató. Según el acuerdo previsto, sus tierras deberían pasar a Hamlet, pero el hijo de Fortinbrás ha formado «una partida de aventureros sin tierras» (*ib.*) para recuperarlas.

Tras la muerte del rey, su hermano Claudio lo sucede y se casa con su mujer, Gertrudis. Hamlet, hijo del difunto rey y sobrino del actual, está especialmente melancólico desde la muerte de su padre. Le reprocha a su madre que se haya casado demasiado pronto, tan solo dos meses después de la muerte de su marido, con un hombre que no iguala a su padre. Horacio le cuenta a Hamlet que ha visto un espectro y el príncipe decide ir a la explanada por la noche para intentar verlo él también.

Laertes, hijo del chambelán Polonio, se prepara para volver a Francia y se despide de su hermana, Ofelia. Esta le cuenta que Hamlet parece sentir algo por ella y él le responde que desconfíe: «Él no puede hacer su voluntad como la gente sin rango, pues de su elección depende el bienestar de todo el reino» (Shakespeare 2007, 3), precisa. Polonio reafirma este consejo y le dice a su hija que debe alejarse de Hamlet, que está jugando con ella: «No creas sus juramentos», le dice (*ib.*).

Por la noche en la explanada, Hamlet, acompañado de Horacio y Marcelo, ve el espectro, quien le pide que lo siga. Es su padre, que le informa de que fue asesinado por Claudio: «Mas atiende, noble hijo: la serpiente que arrancó la vida de tu padre lleva ahora su corona.» (Shakespeare 2007, escena 5) Lo envenenó. Horacio y Marcelo juran no revelar nunca lo que han visto esa noche.

ACTO II

Polonio le pide a su criado Reinaldo que haga investigaciones sobre su hijo, Laertes. Ofelia, asustada, le cuenta a su padre que Hamlet ha ido a verla, desaliñado y que actuaba de forma extraña, por lo que Polonio le cree loco. El rey le pide a Guildenstern y Rosencrantz, amigos de Hamlet, que pasen tiempo con él y que intenten comprender qué le pasa. Les dice: «Habéis oído hablar de la transformación de Hamlet: la llamo así puesto que no parece el mismo, ni por fuera ni por dentro.» (Shakespeare 2007, escena 2). Los embajadores de Noruega informan a Claudio de que el rey de Noruega ha ordenado detener a Fortinbrás. Polonio entra e informa a Claudio y a Gertrudis de que cree que Hamlet está loco y, como prueba, les lee una carta que este le ha escrito a Ofelia.

Guildenstern y Rosencrantz van a ver a Hamlet, quien les

cuenta que se siente triste: «Últimamente, no sé por qué, he perdido la alegría, he dejado todas mis actividades; y lo cierto es que me veo tan abatido que esta bella estructura que es la tierra me parece un estéril promontorio» (Shakespeare 2007, escena 2), les confiesa. Algunos actores han llegado a la ciudad y Hamlet quiere verlos. Les pide que interpreten el relato sobre la muerte de Príamo de Eneas ante Dido, y después les encarga una representación para el día siguiente: quiere verlos interpretar *El asesinato de Gonzago* y añade a la obra un apóstrofe que él mismo ha escrito, y piensa: «Haré que estos actores reciten algo como el crimen de mi padre en presencia de mi tío. Observaré sus gestos, le hurgaré la herida. Al menor sobresalto ya sé qué hacer.» (*ib.*)

ACTO III

Guildenstern y Rosencrantz cuentan su reunión con Hamlet al rey y a la reina. Estos se esconden para observar a Hamlet y Ofelia. Hamlet le dice a la joven que no debería haberlo creído y que no la quiere. El rey declara: «como medida inmediata he decidido que parta sin demora hacia Inglaterra a reclamar el tributo que nos debe. Quizá la travesía, el cambio de país y de escenario consigan arrancarle de su pecho la inquietud tan arraigada, que no deja reposo a su cerebro y le saca de sí mismo» (Shakespeare 2007, 1).

Hamlet le pide a Horacio que observe al rey durante la representación de la obra teatral. Claudio reacciona a la escena de envenenamiento, lo cual le confirma a Hamlet las afirmaciones del espectro. Este acude a hablar con su madre y Polonio está escondido detrás de un tapiz para espiarlos. Cuando Polonio se mueve, Hamlet lo apuñala, atravesando el tapiz, y dice: «¡Cómo! ¿Una rata?» (Shakespeare 2007, 4) Después acusa a su madre de haber traicionado a su padre y el espectro aparece pero su madre no lo ve.

ACTO IV

La reina cuenta a Claudio lo que ha ocurrido. Este decide que Hamlet debe partir inmediatamente hacia Inglaterra. De camino, Hamlet se encuentra con las tropas de Fortinbrás, que marchan hacia Polonia, y se lamenta por su cobardía.

Ofelia pierde la razón. Laertes ha vuelto. El rey le propone a Laertes que se bata en duelo con Hamlet para vengarse y matarlo gracias a una espada sin embotar. Laertes decide además envenenar la espada. Y por precaución, el rey también prepara una bebida envenenada. Horacio recibe una carta de Hamlet en la que le pide que vaya a verlo. La reina anuncia que Ofelia se ha ahogado.

ACTO V

Unos campesinos cavan la tumba de Ofelia y hablan sobre su ahogamiento y la cuestión del suicidio, que está condenado por la Iglesia. Hamlet los observa y le sorprende la forma despreocupada con la que el sepulturero lanza al aire cráneos. Se pregunta: «¿No podría ser la de un abogado? ¿Dónde están ahora sus argucias, sus distingos, sus pleitos, sus títulos, sus mañas?» (Shakespeare 2007, 1)- El rey, la reina y su séquito acompañan el cuerpo de Ofelia. En ese momento Hamlet se entera de que ha muerto. Sorprendido por las manifestaciones de dolor de Laertes, que le parecen extravagantes y falsas, lo provoca diciéndole que amaba a Ofelia más que él.

Osric, un cortesano, informa a Hamlet de las aptitudes de Laertes en el combate para incitarlo a que luche con él. Hamlet acepta la apuesta: «Si viene ahora, no vendrá luego. Si no viene luego, vendrá ahora. Si no viene ahora, vendrá un día. Todo es estar preparado.» (Shakespeare 2007, 2) El duelo comienza, la reina bebe por error de la copa equivocada y muere envenenada. Laertes y Hamlet, durante el asalto, intercambian sus floretes y ambos se hieren con la hoja envenenada. Hamlet mata al rey. Laertes muere y poco después también muere Hamlet. Entra Fortinbrás. Horacio le explica la situación y se llevan los cuerpos.

ESTUDIO DE LOS PERSONAJES

HAMLET

Hamlet, héroe epónimo de la obra, es el hijo del difunto rey de Dinamarca y el sobrino del actual rey Claudio, con quien se ha casado su madre, Gertrudis. El personaje está omnipresente en la obra y, cuando no aparece en escena, los otros personajes hablan de él. La intriga gira alrededor de su melancolía y de su sufrimiento, que se multiplica cuando descubre la traición de su tío. Busca la verdad, pero todos creen que está loco. «Señor, habláis sin orden ni medida » (Shakespeare 2007, acto I, escena 5), le dice su amigo Horacio.

Su estado no queda claro, porque al principio de la obra sus amigos ven el espectro, igual que él, pero cuando se encuentra con su madre, esta no lo ve. Actúa de forma confusa, lo que sabe lo atormenta. El mundo ya no tiene sentido para él, ya no experimenta ningún placer. En cierto modo, es una especie de fantasma y en él alberga pensamientos malsanos. Hamlet es un héroe trágico, torturado, sufridor. Dice: «¡Ah, Dios, Dios, qué enojosos, rancios, inútiles e inertes me parecen los hábitos del mundo! ¡Me repugna!» (Shakespeare 2007, acto I, escena 2)

Su obsesión por la tragedia de la muerte de su padre le hace despreciar todo lo que le rodea, lo que contribuye a causar la pérdida de Ofelia. Solo Horacio le cae en gracia y Hamlet se fía de él. En sus intervenciones con los demás personajes, a menudo es irónico, incluso cínico. Su apartado de la escena 2 del primer acto («Más en familia y menos familiar.») respecto a su relación con Claudio, ya muestra el tono. A Ofelia, por ejemplo, le dice respecto a su padre: «¡Muerto hace dos meses y aún no olvidado! Entonces hay esperanza de que el recuerdo de un gran hombre le sobreviva seis meses.» (Shakespeare 2007, acto III, escena 2).

Hamlet es un héroe guerrero que, según se nos informa, venció a Fortinbrás y se mide con Laertes al final de la obra, pero él mismo se considera cobarde porque no hace nada para vengar a su padre. Se pregunta: «Ser o no ser, esa es la cuestión: si es más noble para el alma soportar las flechas y pedradas de la áspera Fortuna o armarse contra un mar de adversidades y darles fin en el encuentro.» (Shakespeare 2007, acto III, escena 1). Pese a todo termina diciéndole a su madre todo lo que sabe y mata al rey antes de que él mismo.

CLAUDIO, GERTRUDIS, POLONIO Y LAERTES

En la obra, estos cuatro personajes son antagonistas de Hamlet. Claudio ha asesinado a su padre, Gertrudis ha traicionado a su antiguo marido casándose con su asesino y Polonio intenta alejar a su hija Ofelia de Hamlet porque cree que está loco. Representan la mentira, la traición y la hipocresía. Tan solo son fachadas.

Laertes también se opone a Hamlet, de quien es una especie de doble: su padre también es asesinado por Hamlet durante la obra. Laertes no se fía de Hamlet, al igual que Polonio, y se aprovecha de la estratagema que Claudio quiere tejer para deshacerse de Hamlet. Por tanto, está del lado de los anta- gonistas. Sin embargo, el personaje es más ambiguo porque su amor por Ofelia parece real y, al igual que Hamlet, intenta por encima de todo comprender lo que le ocurrió a su padre: «El modo en que murió, su oscuro entierro (sin emblema, espada, ni blasón sobre sus restos, rito noble o ceremonia funeral); todo esto clama tanto del cielo a la tierra que exijo que se indague.» (Shakespeare 2007, acto IV, escena 5).

OFELIA Y HORACIO

Ofelia es la hija de Polonio y la hermana de Laertes. Representa el amor y encarna a la víctima inocente. La descripción de su muerte inspiró a muchos pintores: se adentra lentamente en el agua y se ahoga. Ella quiere a Hamlet, pero este la asusta y la rechaza. Es una heroína trágica e incluso patética. Antes de dejarse morir pierde la razón, como un doble tranquilizado de Hamlet: cuando él es cada vez más irónico y violento, ella se encierra sobre sí misma y se suicida. Es una pareja imposible aplastada por las circunstancias dramáticas en las que se ven implicados.

En cuanto a Horacio, se trata de un oficial. Es el amigo fiel de Hamlet, quien lo describe como un hombre justo. Acompaña a su amigo, lo apoya y es el único que permanece en escena después de todas las muertes de la escena final para contarle a Fortinbrás lo que ha ocurrido.

CLAVES DE LECTURA

MENTIRA E HIPOCRESÍA

La obra está articulada en torno a un balanceo entre verdad y mentira, y plantea constantemente la cuestión de la hipocresía. Hamlet es el que reivindica la verdad: rechaza las apariencias, que él opone al sentimiento verdadero. Así, su madre, según él, lleva las apariencias del duelo pero realmente no sufre. Lo dice en los términos siguientes:

> «En mí no hay "parecer". No es mi capa negra, Buena madre, ni mi constante luto riguroso, ni suspiros de un aliento entrecortado, no, ni ríos que manan de los ojos, ni expresión decaída de la cara, con todos los modos, formas y muestras de dolor, lo que puede retratarme; todo eso es "parecer", pues son gestos que se pueden simular. Lo que yo llevo dentro no se expresa; lo demás es ropaje de la pena» (Shakespeare 2007, acto I, escena 2).

Por eso le desagrada tanto el personaje de Osric: es un cortesano que siempre se alinea con el parecer del señor y nunca expresa su opinión. Está de acuerdo con Hamlet en que hace calor, después frío, y de nuevo calor cuando este se burla de él.

Del mismo modo, Polonio encarna este funcionamiento fundado en la mentira. Cuando le pide a su criado que se informe sobre su hijo, le dice que utilice una estratagema y que mienta para sonsacarle la verdad. Así, no solo los personajes se traicionan mutuamente, sino que lo hacen maliciosamente, disfrazando sus fechorías; y lo peor es que creen estar en su derecho. Polonio declara: «Con un cebo de mentiras pescas el pez de la verdad. Así es como los hombres prudentes y capaces, con rodeos y requilorios, desviándonos damos con la vía.» (Shakespeare 2007, acto I, escena 1) La corte de Dinamarca se convierte en viva imagen de la corrupción y la mentira.

ORDEN Y POLÍTICA

Al igual que en otras obras de Shakespeare y según el pensamiento isabelino, el destino de los soberanos influye a todo el conjunto del reino. Las señales de la naturaleza pueden, por tanto, anunciar crisis dentro del Estado, puesto que todo está relacionado y el reino es una imagen reducida del universo. Si el soberano está corrompido, el país sufre sus vicios.

Horacio explica:

> «Cuando Roma estaba en su esplendor, poco antes que cayera el gran César, se vaciaron las fosas, y los amortajados daban gritos y chillidos por las calles romanas ante astros con estelas de fuego, el rocío de sangre, los agüeros del sol; y la luna, de cuya influencia depende el reino de Neptuno, se eclipsaba cual si fuera el Día del Juicio. Augurios semejantes de temibles sucesos, como heraldos que predicen el destino y prólogo de auspicios que se acercan, los han revelado la tierra y el cielo a nuestras naciones y nuestros compatriotas» (Shakespeare 2007, acto I, escena 1).

Y efectivamente, Horacio resume al final lo que ha ocurrido y los actos contra natura que han agitado el reino: «De este modo sabréis de actos lascivos, sangrientos e inhumanos, castigos fortuitos, muertes casuales y otras que se deben a engaños y artificios; y, por último, de intrigas malogradas vueltas contra sus autores» (Shakespeare 2007, acto V, escena 2).

Los personajes eligen su campo de cara a los dramas y a lo real: o bien piensan en su propio interés e intentan protegerse a toda costa utilizando la hipocresía y la mentira para tapar sus crímenes, o bien eligen enfrentarse a la realidad sin comprometerse y entonces corren el riesgo de sumirse en la locura, como Hamlet u Ofelia. Hamlet busca la justicia cuando Claudio actuó cegado por el poder. Por tanto, *Hamlet* es una obra extremadamente oscura. Los personajes no encuentran ninguna salida, excepto la muerte.

UNA VISIÓN DEL TEATRO COMO ESPACIO DE VERDAD

La obra saca a escena pasajes de teatro en el teatro. Esta *mise en abyme* sirve para que surja la verdad. El teatro interactúa con la vida; no es únicamente un entretenimiento, una ficción separada de lo real, sino que influye en lo real.

Así, Shakespeare pone en boca de Hamlet un verdadero arte poético, un discurso sobre el teatro y sobre el arte del actor. Para él, el teatro es antes todo el espejo del mundo. Por tanto, debe ser interpretado de forma natural y sin excesos:

> «[...] tú deja que te guíe la prudencia. Amolda el gesto a la palabra y la palabra al gesto, cuidando sobre todo de no exceder la naturalidad, pues lo que se exagera se opone

al fin de la actuación, cuyo objeto ha sido y sigue siendo poner un espejo ante la vida: mostrar la faz de la virtud, el semblante del vicio y la forma y carácter de toda época y momento» (Shakespeare 2007, acto III, escena 2).

El asesinato de Gonzago le remite a Claudio la imagen de su propio crimen: la verdad ocurre en el escenario y la mentira reina en lo real. Pero lo que realmente permite revelar el crimen es la ficción; cuando Claudio reacciona a la escena de envenenamiento, confiesa su crimen a Hamlet y Horacio.

Del mismo modo y de forma constante, la obra incluye pasajes en los que uno de los personajes se esconde para observar a Hamlet, convirtiéndose así en espectador. Así, se crea una segunda escena de teatro dentro de la propia escena de teatro. Hamlet se convierte en actor y podemos preguntarnos hasta qué punto interpreta un papel y hasta qué punto ha perdido la razón. Parece perfectamente cuerdo en cuanto a las intrigas que reinan alrededor de él y les ofrece a todos los que lo rodean lo que esperan: pruebas de su locura. ¿Pero está verdaderamente loco? Es difícil responder.

Shakespeare juega de esta forma con el motivo teatral y las *mises en abyme* para decir algo sobre su arte: el teatro es el lugar de la verdad, incluso si esto implica inventarse una ficción.

PISTAS PARA LA REFLEXIÓN

ALGUNAS PREGUNTAS PARA PROFUNDIZAR EN SU REFLEXIÓN...

- ¿Cómo evoluciona el personaje de Hamlet a lo largo de la obra? ¿Cómo lo perciben los demás personajes? ¿Cómo se percibe él a sí mismo?
- Analice la escena en la que los actores interpretan *El asesinato de Gonzago*. ¿Cómo reacciona Hamlet? ¿En qué tono se dirige a Ofelia? ¿Cómo reacciona esta?
- En el discurso de Hamlet a los actores, ¿qué visión del teatro se deduce? ¿Es original?
- ¿Qué significa la imagen de los cráneos en la escena del entierro de Ofelia? ¿En qué género pictórico es recurrente el motivo del cráneo? ¿Qué visión de la vida sugiere esta imagen?
- ¿Qué les reprocha Hamlet a los demás personajes, y en concreto, a su madre?
- ¿Qué retrato de Horacio elabora Hamlet? ¿Es un personaje importante en la obra?
- Analice las escenas en las que un personaje se esconde para espiar a Hamlet. ¿Qué interés tienen? Imaginen una puesta en escena de estos pasajes.
- ¿Cuál es el papel del espectro en la intriga? ¿Podríamos encontrar también el motivo del espectro en una tragedia española?
- ¿Respeta la obra de Shakespeare las unidades de tiempo, de lugar, de acción y de tono como lo hacen las tragedias neoclásicas españolas? Explique su respuesta.
- Compare *Hamlet* con *Macbeth*, del mismo autor. ¿Cuáles

son las similitudes entre las dos obras de teatro?

¡Su opinión nos interesa!
¡Deje un comentario en la página web de su librería en línea,
y comparta sus favoritos en las redes sociales!

PARA IR MÁS ALLÁ

EDICIÓN DE REFERENCIA

- Shakespeare, William. 2007. *Hamlet*. Traducido y editado por Ángel-Luis Pujante. Guía de lectura de Clara Calvo. Madrid: Espasa-Calpe.

EN RESUMENEXPRESS.COM

- Guia de lectura de *El sueño de una noche de verano* de William Shakespeare.
- Guia de lectura de *Macbeth* de William Shakespeare.
- Guia de lectura de *Romeo y Julieta* de William de Shakespeare.

ResumenExpress.com

Made in the USA
Monee, IL
07 July 2026

56545202R00015